»Frau K. benutzt das Wort *Terrorist* ziemlich oft. Erst in zweiter Linie meint sie damit Politiker. Meistens fällt dieser Begriff im Zusammenhang mit ihrer Dackelin Trixi: ›Der hat wieder auffen guten Sofakissen geschlafen, der Terrorist.‹« Frau K., achtzigjährig, Concierge, Hundebesitzerin und Nachbarin, ist die Heldin in Fanny Müllers Geschichten aus Hamburg Altona. Frau K. mischt überall mit und kommentiert alles frei Haus, egal ob es um die Hafenstraße oder die Besetzung der Stresemannstraße, um Sexismus oder die Punkfrage geht. Mit viel Lebensklugheit und Herzenswärme beantwortet die resolute Oma alle zentralen Fragen des Universums zwischen ihrer Wohnung, dem Pro-Markt und Budnikowski. Zu diesem kleinen Kosmos gehören neben der wurstförmigen Dackeldame Trixi die immer leicht beschwipste Anneliese Köster, ihres Zeichens Vertrauensfrau vom Otto-Versand, Hermann Kuhlmann, benimmtechnisch und ästhetisch etwas außer Fasson geratener Schichtarbeiter bei Beiersdorf, aber auch die nächsten Angehörigen von Frau K., ihre Tochter Gerda mit jeweiligem »Bekannten« und Enkelin Yvonne.
Nicht zu vergessen die Mieterin Fanny M., mit der Frau K. in Frauen- und sonstigen Fragen überraschend oft einig ist und auf deren genauen Beobachtungen des Alltagslebens im Schanzenviertel das Buch basiert. Fanny Müller hat den Hamburgern »aufs Maul geschaut«. Für alle Hamburgfans und die, die es werden wollen, sind ihre urkomischen Geschichten um Frau K. ein Muß.

Fanny Müller arbeitete als Zimmermädchen, Büfettstütze, Stewardeß, studierte, jobbte und lebt heute als freie Autorin im Hamburger Schanzenviertel. Sie ist bekannt durch ihre Satiren und Kolumnen in der *Titanic* und in der *taz*. Im Fischer Taschenbuch Verlag erschienen ihre Bücher ›Stadt Land Mord. Kriminelle Briefe nachgelassener Frauen‹ (zusammen mit Susanne Fischer, Bd. 13861) und ›Mein Keks gehört mir‹ (Bd. 13955).

Unsere Adresse im Internet: www.fischer-tb.de

Fanny Müller

Geschichten von Frau K.

Mit 30 Zeichnungen von Nerling

Fischer Taschenbuch Verlag

Die Frau in der Gesellschaft
Herausgegeben von Ingeborg Mues

Ein Großteil der ›Geschichten von Frau K.‹
erschien zuerst in *KOWALSKI* und in der
Hamburger Lokalausgabe der *taz*

Veröffentlicht im Fischer Taschenbuch Verlag GmbH,
Frankfurt am Main, April 2000

Lizenzausgabe mit freundlicher Genehmigung des
Verlags Klaus Bittermann, Berlin
© Edition Tiamat, Verlag Klaus Bittermann, Berlin 1994
Gesamtherstellung: Clausen & Bosse, Leck
Printed in Germany
ISBN 3-596-13956-2

Inhalt

Trixi	9
Hassu ma ne Maak	11
Liebe und Erotik	14
Trauerfälle	17
Nehm Sie kein	19
Tischmanieren	21
Der Bekannte	24
Stark sein gibt weniger	26
Selber	28
Emmi	30
Mutter werden ist nicht schwer	32
Terrorismus	34
Nicht schön	37
Konfirmation	39
Eine Nacht mit Fanny M.	41
Sommer in der Stadt	44
Immer wir	46
Einkaufen	48
Überall ist Hafenstraße	50
Nestlé	52
Phallus	55
Aus dem Berufsleben	57
Arbeiten oder nicht arbeiten	60

Endlich daheim	62
Vergewaltigung	64
Alles Karl	66
Esoterik	68
Beerdigung	70
Frau Maibohm	72
Weihnachten	74

F.M.:   »Ich nehme an, Sie haben
        in Ihrem Leben schon alles
        gesehen?«
Frau K.: »Zweimal.«

Trixi

Eine der letzten *Concierges* Hamburgs wohnt parterre in unserem Mietshaus. Frau K., mit dem für den Jahrgang 1911 revolutionären Vornamen Marianne, geboren auf der Veddel, riecht durch diverse Türen hindurch, ob ein Hausbewohner – nüchtern oder breit – die Treppen hinaufschleicht oder ob ein Fremder sich erdreistet hat, ihr Haus zu betreten. Dieser wird dann peinlichst ins Verhör genommen. Um Mißverständnissen vorzubeugen: Den Mietern gegenüber zeigt sie keineswegs Blockwartmentalität. »Leben und leben lassen, das hab ich beier Marine gelernt« (das ist eine andere Geschichte), sagt sie und äußert höchstens mal, wenn es vom 4. Stock herunterstöckelt: »Das is Frollein M., die Bordsteinschwalbe, die muß jetzt zun Dienst!«

Frau K. zur Seite steht Trixi, eine komplett haarlose Dackelin, die von ihr unbeirrt *der* genannt wird: »Der hat heute nacht wieder gebellt wie nix Gutes.« Vor Trixi hatte sie nämlich nur Rüden; der letzte eine große matte Promenadenmischung – die Anwohner werden sich noch lange an ihre Rufe »Attila, hierher!« erinnern.

Kurz und gut, letzte Woche komme ich die Treppe runter, unten neben den Briefkästen steht Frau K. auf ihren Stock gelehnt. Zu ihren Füßen Trixi, die mal wieder so tut, als hätte sie mich noch nie im Leben gesehen, und knurrt und bellt, daß es nur so eine Art hat.

»›Trixi!« schreit Frau K., »hör auf! Du mußt nich auf das ganze Haus passen! Das reicht, wenn du auf Oma paßt!«

Hassu ma ne Maak

Frau K. muß zum Einkaufszentrum *PLAZA*, einen Wäscheständer für den Garten kaufen, und ich begleite sie. Das hätte sonst Tochter Gerda gemacht, aber die hat einen neuen *Bekannten* und ist mit dem in die Baumblüte gefahren. An einem Wochentag! Wo das noch alles hinsoll! Frau K. ist nur noch am Kopfschütteln.

Die Dritte im Bunde ist Trixi, die Hundewurst. Trixi mißfällt dieser Ausflug. Außerdem hat sie noch ihren Flanellanzug angekriegt (den sie haßt), weil der Himmel bedeckt ist und sie sich womöglich erkältet, so ganz ohne Haare am Körper. Für alle Fälle haben wir die Einkaufstasche auf Rädern mit, »falls der schlappmacht«, sagt Frau K. mit einem Blick auf Trixi. Trixi kuckt giftig zurück. Warum sie denn nicht allein zu Hause bleibt, bis wir wieder da sind? »Da grault der sich.« Na gut. Am Bunker Mistralstraße ist es dann soweit. Trixi hat sich auf ihre Wampe fallen lassen, was keine schwere Übung ist, da diese ohnehin nur einen Zentimeter vom Erdboden entfernt ist, und macht auf tot. Glücklicherweise wanken gerade ein paar Punks heimwärts, die ihren Vormittagsdienst *(Hassu ma ne Maak)* an der S-Bahn Sternschanze beendet haben, und legen mit Hand an. Frau K. hat's im Rücken, und ich behaupte gleich mit, daß ich auch 'nen Rücken habe. Die Punks und Frau K. sind sich über die respektiven Köter nähergekommen. Man kennt sich, man grüßt sich. Nur wie die immer mit den Tieren rumbrüllen, das kann sie nicht ab. Und dann die Namen: *Hexe, Satan, Bulle.* »Und einer heißt *Schimanski!*« Sowie Trixi in der Tasche hockt, macht sie ein verschlagenes Auge auf. »Der is so raffiniert, der hätte bestimmt noch bis nache Vereins- und Westbank gekonnt«, sagt Frau K. Trixi furzt. Inzwischen sind wir an der Feldstraße angekommen. Trixi schnarcht im Einkaufsbeutel. Da wird morgen wieder das Gemüse drin transportiert. Nach erfolgreicher Geschäftsabwicklung und nachdem Trixi geschifft hat, allerdings außerhalb des Beutels, verlassen wir *PLAZA* selbdritt. Nicht ohne Tributforderung. »Das sind nich unse«, flüstert Frau K. mir zu und laut zu den Punks: »Ich hab selbs keine Maak«, und setzt etwas unlogisch hinzu: »Ich hab noch nich ma zehn Maak!« »Was, Oma, bei der dicken Rente noch nich ma 'ne Maak?« Da sind sie aber an die Richtige gekommen. Frau K. hält jetzt einen längeren Vortrag; anklagend, sozialkritisch, allgemein, aber auch die Details nicht aussparend – seine Wiedergabe würde den Rahmen dieses Büchleins sprengen –, und endet mit den Worten: »... und überhaupt, ihr seid doch jung und gesund ...« Die Punks winken ab, das kennen sie schon.

Kennen sie nicht! »... ihr könnt doch ma 'ne Bank überfalln!« Triumphierender Abmarsch unsererseits. Der Gegner bleibt geschlagen zurück. Alles in allem ein gelungener Vormittag.

Liebe und Erotik

Als ich letzte Woche runterging, um Frau K. die beiden Pakete vom Otto-Versand zu bringen, die bei mir abgegeben wurden, weil sie gerade mit ihrer perfiden Dackelin auf Einkaufstour war, öffnete sie erst beim dritten Klingeln. »Ich mach grad Kaffee – wie sehn Sie denn aus, Kindchen – komm Sie gleich ma rein!« Sie humpelt in die Küche. »Mein Freund …«, beginne ich zaghaft. Frau K. winkt ab. Das wußte sie sowieso, der ist ja schon ewig nicht mehr dagewesen, oder? Sie dreht das Gas unter dem pfeifenden Kessel ab. Trixi, das fette Stück, liegt auf einem der drei Küchenstühle und wirft mir einen haßerfüllten Blick zu. »Mit Verrückte kann man nich zusammenleben«, eröffnet K. das Gespräch und schneidet mit der Rosenschere den oberen Rand der Filtertüte ab. Sie hat die Tüten mal irgendwo für umsonst dazugekriegt, und die passen nicht in ihren Filter. »Aber ich hab ja gar nicht mit dem zusammenge …« »Das is egal!« sagt K. bestimmt und schüttet den Kaffee in die Tüte. »Den ein nehm und den annern damit vorn Kopp haun, was, Trixi?« Trixi ist desinteressiert; sie ist schon seit langem jenseits von gut und böse. »Und was hat er angegehm?« fragt K. und fängt an, Wasser aufzugießen. »*Wenn* er überhaupt was angegehm hat«, setzt sie mit der Erfahrung ihrer 80 Jahre hinzu. Ich beschließe, offen zu sein: »Er ist mit 'ner Nutte abgezogen, er sagte, er braucht mal ...« »Genau wie Jonni!« schreit K. (*Jonni* wird in Hamburg so ausgesprochen, wie es geschrieben wird, nicht etwa *Dschonni*). Während Frau K. weiter Wasser nachgießt, setz ich mich möglichst weit entfernt von Trixi hin und höre zu, obwohl ich die Geschichte schon ein gutes halbes Dutzend mal gehört habe. Jonni, Frau K.s Ehemann, als Soldat in Frankreich stationiert, hatte ihr 1943 geschrieben, sie möge ihn doch freigeben, er habe eine Französin getroffen und wisse jetzt endlich, was Liebe und Erotik sei. »Liebe und Erotik!« sagt K. mit tiefer Verachtung und gießt den Kaffee in die Tassen. »Wir ham uns 1930 auf der Veddel im Arbeitersportverein kennengelernt. Da gab das so was nich. Und in der Zeitung stand das auch nich. Und Fernseh kam ja erst später. Nehm Sie Milch?« 1944 wurde Jonni dann gefangengenommen und nach Amerika ins Internierungslager gebracht. »Da hatte sich das mit Liebe und Erotik!« bemerkt K. triumphierend. »Und 46 kam der dann wieder angekrochen. Da hatt ich aber schon 'n annern.« Nach einer Pause und abwesend ihren Kaffee schlürfend setzt sie hinzu: »Das war aber auch son Dösbaddel. Den hab ich nacher Währungsreform weggejagt. Und denn ham wir das ganz nachgelassen, nich, Trixi?« Trixi schnarcht bereits. Außerdem dürfte zu jenem

Zeitpunkt selbst ihre Urgroßmutter noch kaum das Licht der Welt erblickt haben. Ganz nachlassen? – Frau K. beobachtet meinen Gesichtsausdruck. Ein Gedanke erleuchtet sie: »Heutzutage kann man ja auch lesbisch wern (Fernsehen erweitert den Horizont, da kann man sagen, was man will), denken Sie ma an Frollein Beckmann oben. Da denkt sich auch keiner mehr was bei.« Nach kurzer Überlegung fügt sie jedoch hinzu. »Die macht aber nie die Treppe. Und duhn is die auch immer.«

Trauerfälle

Jetzt, wo der Dauerregen in Hamburg mal ein bißchen aufgehört hat, ist es bei uns im Hinterhof voll gemütlich geworden. Ich hänge überm Balkongeländer, unten im 12-qm-Garten sitzt Frau K. nebst Bettwursthund Trixi auf drei Küchenstühlen – Trixi auf zweien davon – und erzählt von früher. Wer hier alles gewohnt hat und wer *mit Tod abgegangen ist*. Beispielsweise Frau W., die 14 Tage im 3. Stock gelegen hat, bis Frau K. die Feuerwehr holte. 600 Stück Seife haben sie da gefunden und 13 Pelzmäntel. »Die hat ja immer ältere Herren gfleecht, wissen Sie.« 60 oder 70 Twinsets, die die Erben nicht haben wollten und ihr schenkten, hat K. zusammen mit der Seife an die Alsterdorfer Anstalten gegeben: »Ich wär da so durchgefallen, trotzdem ich auch nich dünn bin, aber die W., die hat vielleicht gewogen!« – Oder die alte B., die vor Frau K. die Wohnung hatte, als Frau K. noch nach vorn raus wohnte, ohne Garten und alles. »Die hat ja nur ihre Schlafkammer behalten und die Wohnstube an Horsti den

Transvestiten vermietet. Die ham sich ja immer gekabbelt.« Jeden Samstag kamen die Tunten mit ihren Pömps an, und dann gab's Party. »Denn ham die sich einen Tag wieder inne Wolle gekricht, und denn hat er sie gewürcht. Beier Polizei hat er gesacht, da wär einer durchs Klofenster gestiegen.« Frau K. wuchtet sich hoch, was von Trixi nicht gern gesehen wird; sie fängt an zu schnauben. Ich folge Frau K.s anklagendem Zeigefinger und werfe einen Blick aufs Klofenster. Nein, da kann überhaupt keiner einsteigen. Frau K.: »Noch nich ma Trixi!« Trixi bellt mißtönend.

Meiner Meinung nach kann Trixi sowieso durch nichts mehr steigen, was kleiner als ein offenes Scheunentor ist, aber das behalte ich lieber für mich, Frau K. ist da empfindlich. Frau B. war zwar schon über 70 gewesen, aber noch gut zugange, die hätte die Gartenwohnung noch Jahrenden besetzt halten können. Und wie denn der Sarg rausgetragen wurde und Horsti in Handschellen hinterher, da war Frau K. natürlich froh.

Nehm Sie kein

Frau K. ist mit meiner Weltreise, wie sie das nennt, nicht ganz einverstanden. Dabei fahre ich doch nur nach Neuseeland, um den ausgewanderten Teil meiner Familie zu besuchen. Allerdings ist Onkel Heinrich schon vor zwei Jahren gestorben, und Tante Lotte ist den *Zeugen Jehovas* beigetreten, was nicht schön ist, und Cousine Hannelore befindet sich in Japan, wo sie angeblich Japanern Englisch beibringt. Nach ihren chaotischen Briefen zu urteilen, ist sie aber ständig dabei, Kühlschränke aus zweiter Hand auf Skateboards in ihr Heim zu transportieren, begleitet von grinsenden Japanern, die das als Höflichkeit verkaufen, was ich aber nicht glaube.

Jedenfalls ist Frau K. der Meinung, daß ich mir unterwegs einen Kerl angeln will, und gibt mir jeden Tag unerbetene Ratschläge mit auf den Weg: »Nehm Sie kein Alten, da müssen Sie nachher immer die Kamillenteebeutel hinterhertragen« (Wenn's das nur wäre). »Nehm Sie kein

Jungen, der will bloß Ihr Geld« (Welches Geld??). »Nehm Sie kein Ausländer, den verstehn Sie nich« (Das wäre ja eine Fügung des Himmels). Na ja, und so weiter. Im Grunde will sie nur sagen, daß ich überhaupt keinen nehmen soll. Und da sind wir uns dann wieder so was von einig.

Tischmanieren

Das muß schon einige Jahre her sein – Frau K.s 77. oder 78. Geburtstag –, und die Kaffeetafel war auf fünf Uhr angesetzt. Ich komme erst gegen halb sechs aus dem Büro und eile im Laufschritt die Susannenstraße hoch, als mir Ywonne, Frau K.s 11jährige Enkelin, in die Arme läuft. Sie verläßt gerade das Café Stenzel mit einem riesigen Tablett voll Butterkuchen. Wieso denn erst jetzt? »Trixi hat die Käsesahne aufgefressen!« Unterwegs berichtet sie, daß Oma die Torte erst mittags gebacken, dann zum Abkühlen draußen vor die Küchentür gesetzt und dabei unvorsichtigerweise die Tür offengelassen hat. Trixi, das *entfamte* Dackeltier, hatte gut die Hälfte der unverhofften Zuspeise weggeschlabbert und sich danach auf dem Rest zur Ruhe gelegt. Als wir ankommen, sind schon alle da. Gerda, Frau Petersen, Martina, Rosita, Emmi, Gertrud und Anneliese Köster. Mit einem Blick auf den Kaffeetisch überzeuge ich mich, daß wir auch ohne den Butterkuchen nicht verhungert wären.

Und verdursten werden wir auch nicht. Auf der Fensterbank steht eine Batterie Flaschen: Eierlikör, Apfelkorn, Cherry Brandy und Stonsdorfer. Das kann ja heiter werden. »Für nachher gibt das noch Schnittchen!« verkündet Frau K. Übrigens hat sie Alfred und Herrn Kuhlmann nicht eingeladen. »So wird das gemütlicher!« Frau Petersen hat auch tatsächlich schon ihr Korsett aufgehakt. Unter der Heizung liegt Trixi und nimmt übel. Sie ist mit dem Gartenschlauch abgespritzt worden. Nachdem wir alle kräftig zugelangt und den einen oder anderen Gürtel und Reißverschluß gelockert bzw. runtergezogen haben – wir sind ja unter uns Frauenspersonen –, kommt das Gespräch auf die abwesenden Nachbarn. Als wir damit durch sind, kommen die Schnittchen. Danach tritt eine allgemeine Mattigkeit ein, die Frau K. dazu veranlaßt, den Fernseh einzuschalten. »Das gibt so 'ne Talkshow mit Kerle, die auslännische Frauen an deutsche Mannsleute vermittelt.« Die Unterhaltung ist schon im Gange. Vier Herren in tadellosen Anzügen und mit dito Jacketkronen werden von einer Moderatorin interviewt. Gerade wendet sie sich an einen der Herren, den wir Herrn B. nennen wollen und der in Pinneberg (kann auch Elmshorn gewesen sein) eine entsprechende *Agentur* besitzt. – Ihm sei doch vor einigen Monaten etwas Erstaunliches passiert? Herr B. berichtet bereitwillig: Im Zuge einer kleinen Herrenparty – er habe gerade in zwangloser Kleidung auf dem Tisch gesessen – sei ihm von einer Philippinin, »meine damalige Verlobte«, der Penis abgebissen und auf den Teppich gespuckt worden. »Ywonne!« sagt Frau K. scharf, »du gehst jetz ma in die Küche und kuckst nach, ob die Eisschranktür zu is!«

Ywonne mault. »Immer wenn das spannend wird ...«
»Raus!« Wir wenden uns wieder dem Bildschirm zu. Herr B. lobt die Geistesgegenwart seiner Freunde, die sofort 112 angerufen, das Glied eingesammelt hätten und dann mit Blaulicht ins Krankenhaus. Und siehe da: Es wurde wieder angenäht. »Und heute«, schmunzelt Herr B. in die Kamera, »steht alles wieder zum besten.« Eine tödliche Stille breitet sich sowohl im Studio als auch bei uns im Raume aus. Wer wird das Schweigen brechen? Frau Petersen. »Also, ich weiß das ja auch nich«, sagt sie, »aber diese Ausländerinn' ham irgendwie kein Benimm ...« »Du sachst das«, unterbricht Frau K., »bei uns zu Hause hieß das immer, was aufen Tisch kommt, das wird auch aufgegessen!«

Der Bekannte

Gerda hat schon wieder einen neuen Bekannten. Ein Bekannter ist eine Beziehung, die nicht bei einem wohnt. Zieht er ein, ist er ein Verlobter. Frau K. kann ja nicht viel sagen, weil sie nach dem Krieg eine Beziehung namens *Onkel-Ehe* geführt hat, deren Frucht schließlich Gerda war. Fehlt nur noch, daß Ywonne mit *was Kleines* ankommt, dann ist die dritte Generation komplett. Ywonnes Pappa war nämlich auch nur ein Verlobter. Wir sitzen im Garten am Kaffeetisch. Gerda schwärmt. »Im Lokal hat er mir den Stuhl zurechtgerückt.« Frau K. ist nicht beeindruckt. »Wart ma ab, in 14 Tagen schneidet der sich die Fußnägel in deine Küche.« »Und Trixi findet er auch süß.« »Das glaub ich nich«, sagt Frau K., »den mach keiner. Nur Oma, was, Trixi?« Trixi rollt sich zur Seite und beginnt eine schorfige Stelle an ihrem Unterleib zu kratzen. Ich muß die Kuchengabel beiseite legen. Gerda läßt sich nicht beirren. »Und kochen kann er auch.« »Das is das Letzte«, sagt Frau

K., »'n Mann inner Küche. Hinterher weichen die alles ein, aber abwaschen tun die nich. Nehm Sie ma vom Butterkuchen, Frau Müller, den hab ich selbs gemacht.« Gerda ist noch nicht fertig. »Der wäscht seine Sachen alle selber.« »Wieso?« fragt Frau K., »is seine Mutter tot?« Den größten Trumpf hat Gerda noch zurückgehalten. »Und wißt ihr was? Der kuckt keine Sportschau!« Frau K. fährt zusammen: »Gerda! Mach das nich! Das issn Perverser!«

Stark sein gibt weniger

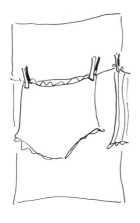

Es ist ein selten sonniger Frühlingstag in Hamburg. Ich schaufele die alte Blumenerde aus meinen Balkonkästen in Müllbeutel, und Frau K. hängt unten im Garten ihre Unterwäsche auf. Selbstverständlich sagt sie nicht Unterwäsche, sondern Leibwäsche, manchmal auch Unterzeug, obwohl Unterzeug eigentlich nur für Männer ist. Trixi, ihre übelgelaunte Dackelin, sitzt auf einem heruntergefallenen Schlüpfer, den man beim besten Willen nicht als Slip bezeichnen kann, falls man darunter diese dreieckigen Dinger versteht, deren Aufgabe nicht mehr darin besteht, heikle Stellen zu bedecken, sondern in diesen komplett zu verschwinden. Ich bin gespannt, was heute Thema ist, denn Tagesgespräch in der Nachbarschaft ist Elfi, die gestern nachmittag verhaftet wurde, weil sie ihren Mann vergiftet haben soll. Und richtig: »Das geht immer auffe Schwachen«, sagt Frau K. und schlägt ein paarmal eine zerknitterte Untertaille aus. – Wen meint sie jetzt, Elfi oder die Leiche? – Elfi. »Wenn die man nich so spillerig gewesen wär, denn hätt die den Ahsch schon lange totgehaun, so wie der die immer kujoniert hat. Sie ham das ja auch mitgekricht.«

Klar, bei den dünnen Wänden, da wird das Private öffentlich.

»Und denn«, fährt Frau K. fort und holt zwei Klammern aus dem Beutel, »denn wär das inn Effekt gewesen, wie bei Bubi Scholz. Das gibt weniger.« »Zuchthaus«, setzt sie erläuternd hinzu. Ich will gerade sagen, daß Zuchthäuser heute auch Gefängnis heißen, zögere aber noch, weil mir der Unterschied gerade nicht einfällt, da unterbricht Frau K. meine Gedanken: »Und Sie«, sagt sie mit einem kritischen Blick auf meine bloßen Unterarme, »Sie könn auch ma'n büschen was zulegen!«

Selber

Nach wochenlangen tropischen Temperaturen hat in Hamburg wieder das bekannte Nieselwetter eingesetzt. An der Ampel Stresemannstraße wartend, entdecke ich auf der anderen Seite Frau K., Trixi im Einkaufswagen neben sich, in der rechten Hand mehrere Plastiktüten. Ich winke, aber sie spricht gerade mit einem jungen Mann, der neben ihr steht. Nach einem kurzen Disput wendet sie sich kopfschüttelnd ab, während er mit einem auch ohne Fernbrille erkennbaren fassungslosen Gesichtsausdruck zurückbleibt. Ich warte auf meiner Seite und fange Frau K. ab: »Was war denn?« Gott, eigentlich nichts, sie hat ihn nur gefragt: »Könn Sie mir wohl ma über die Straße helfen?« Das sei doch selbstverständlich, habe er geantwortet – offensichtlich erfreut, seine gute Tat für diesen Tag schon vor dem Mittagessen abhaken zu können –, man müsse nur noch Grün abwarten und dann ... Vor so viel Unverstand ist Frau K. immer noch am Kopfschütteln.

Diese Jugend! Zu dumm, um außen Fenster zu kucken! »Also wissen Sie«, hatte sie ihm mitgeteilt, »bei Grün kann ich selber!«

Emmi

Schon bevor ich bei der *PRO* um die Ecke biege, höre ich Trixi bellen. Frau K. kauft also auch ein und hat ihren fetten Köter draußen angebunden. Trixi ist von einem Pulk junger Punkerhunde mit Lätzchen umringt, die sich stumm, aber verwundert ihren Vortrag anhören. Ich mache, daß ich in den Laden komme, und sehe Frau K. schon am Tchibo-Stand stehen, auf ihren Stock gestützt. Normal trinkt sie keinen Kaffee, aber heute ist Werbetag.

Eine Viertelstunde später stehen wir nebeneinander in zwei verschiedenen Schlangen vor den Kassen und geben uns dem nachbarschaftlichen Small talk hin: »Ich bin ja wieder mit der Treppe dran dies Wochenende ...« »Gut, daß Sie das sagen, ich muß nachher noch die Lottozahlen anrufen ...« Unsere Unterhaltung wird umrahmt von leisen Klängen (Frühlingsstimmenwalzer) und von lauten (Trixi). Frau K. wird ärgerlich. Mühsam dreht sie sich um und hebt ihren Stock drohend in Richtung Tür, die gerade offensteht, weil ein Kunde reingekommen ist. »Trixi!!« Für eine Sekunde ist es draußen still. Dann fühlt Trixi sich durch die wieder geschlossene Tür genügend abgeschirmt und lärmt weiter. Dies wird von Frau K. jetzt aber ignoriert, denn beim Umdrehen hat sie einen Blick auf die beträchtliche Schlange hinter uns werfen können und an deren Ende jemanden entdeckt. »Emmi«, schreit sie los. Ich rücke in der Schlange eins vor und habe einen guten Überblick. »Waas?« kommt es von hinten. Emmi ist recht betagt und macht einen klapprigen Eindruck. »Ilse hat nach dir gefragt«, brüllt Frau K. Inzwischen hört der ganze Laden zu. – Emmi. Emmi? Sollte das *die* Emmi sein, die in den vierziger Jahren, als Jonni sich von Frau K. scheiden lassen wollte, diesem zuckersüß einen Platz in ihrer Einzimmerwohnung in der Budapester Straße angeboten hatte, obwohl Frau K. ihre Kusine ist? »Weer?« fragt Emmi weinerlich. Ihre Perücke sitzt nicht ganz gerade. »Ilse – die bei Doktor Schlecht arbeitet!« Dr. Schlecht, Facharzt für Haut- und Geschlechtskrankheiten (»Sagen Sie ruhig Dr. Geschlecht zu mir«) ist im ganzen Viertel bekannt. Emmi legt die Stirn in Falten: »Wieso?« »Ob du immer noch diesen schlimmen Ausschlag hast – du weißt schon, wo.« Wir sind jetzt beide mit dem Bezahlen dran und drehen uns wieder um. Von hinten hört man ein Gemurmel und Gerücke, als würde irgendwie Platz gemacht werden … Draußen bindet Frau K. die immer noch zeternde Trixi los und verspricht ihr zur Feier des Tages ein Cornetto. »Oder willst du lieber Erdnußlocken?«

Mutter werden ist nicht schwer

Samstag mittags nach dem Wochenendeinkauf trifft sich die Nachbarschaft im Café Stenzel. Seitdem Trixi, Frau K.s fette Dackelin, mal vor den Kuchentresen gekotzt hat, darf sie nicht mehr mit rein und wird draußen angebunden. Als ich letzte Woche im Stenzel einlaufe, wundere ich mich, Frau K. am Ecktisch sitzen zu sehen, obwohl draußen weit und breit keine Trixi auszumachen ist. »Der kuckt fern, das gibt Tennis.« Ach so. Ich setze mich zu ihr und zu Anneliese Köster. Anneliese ist im Umgang ein wenig anstrengend, weil sie zu den Leuten gehört, die eins-zu-eins erzählen: »Da sacht der Chef, das is doch wohl klar und ich sach das könn Sie mit mir nich machen Herr Groppe und er sacht das wern wir ja sehn und denn kommt Ilona und sacht ...« usw. ad infinitum. Ich bestelle mir ein kleines Frühstück. Anneliese ist wieder voll im Gange. »Das glaubt ihr nich.« Kurz und gut, sie hat neulich im 111er gesessen, um ein Paket vom Altonaer Hauptpostamt abzuholen, weil sie bei der Anlieferung nicht zu Hause gewesen war. Neben ihr sitzt ein kleiner Junge, gegenüber eine Punkerin »schwanger bis über beide Ohrn, ich denk noch, gleich geht das hier inn Bus los ...« Da sagt doch der Bengel zu der werdenden Mutter: »Du hast gefickt, was?« Anneliese wurde nicht mehr. Die Frau antwortet: »Ja, stimmt.« Anneliese denkt, sie trifft der Schlag. Und dann sagt der Bengel: »Und – wie war das?« Die Frau: »Och, so lala.« Anneliese sieht uns streng an: »Könnt ihr euch so was vorstellen?!« »Gott ja«, sagt Frau K., »du vielleicht nich?«

Terrorismus

Frau K. benutzt das Wort *Terrorist* ziemlich oft. Erst in zweiter Linie meint sie damit Politiker. Meistens fällt dieser Begriff im Zusammenhang mit ihrer Dakkelin Trixi: »Der hat wieder auffen guten Sofakissen geschlafen, der Terrorist.« Sie kann sich nach den vielen Rüden, die sie vor Trixi hatte, immer noch nicht daran gewöhnen, daß diese weiblichen Geschlechts ist. Meinem ehemaligen Schwager geht es übrigens genau umgekehrt. Nach drei Töchtern in erster Ehe zeugte er in zweiter Ehe noch zwei Söhne, und sein stereotypes »Mach was, die Kleine schreit« bringt seine neue Gattin furchtbar auf.

Nach den *wirklichen* Terroristen befragt, muß Frau K. erst mal mit dem Kartoffelschälen aufhören und überlegen. »Gott«, sagt sie zögernd, »wenn man den, Sie wissen schon, den mitten Schnurrbart, mitgemacht hat ... wo man denn hinterher den ganzen Schutt aufräumen mußte ... denn denkt man da anners über.« Wie denn anders?

»Na ja«, Frau K. hat die Worte nicht so parat, »die sehen irnkwie nich schlecht aus, nich? Ich mein, wenn einer über dreißig is, denn kann er was für sein Gesicht.« Nun ja, ein eher marginaler Gesichtspunkt, oder? Aber was meint sie zu den Opfern – es sind ja Unbeteiligte bei den Aktionen der *RAF* umgekommen. »Schön is das nich«, sagt Frau K., »aber inn Krieg hat da auch keiner was nach gefragt, wie wir inn Bunker gesessen sind, und die Bomben sind runtergekomm und Napalm, das hieß da bloß anners.« Wir haben aber doch jetzt keinen Krieg? Frau K. legt das Messer beiseite: »Was? Wir ham kein Krieg? Nu wern Sie ma nich komisch. Sie gehn doch auch jeden Tag übere Stresemannstraße. Da kann ich froh sein, wenn ich bei einmal Ampel ganz rüberkomm und nich übergenagelt werd. Und wenn ich den fauln Terroristn da mithab (Trixi wälzt sich auf die Seite und tut, als wäre nichts), denn muß ich inner Mitte stehenbleim. In den ganzen Ozon. – Na!« Sie greift nach der nächsten Kartoffel und legt jetzt richtig los.

Wenn man nur mal an das Sozialamt denkt! Mit der zuständigen Tante steht Frau K. auch auf Kriegsfuß. Die meint nämlich, daß Frau K. keine neue Waschmaschine braucht: »Wo ich jedesmal drei Feudel unterlegen muß, und der Fußboden is schon ganz rott!« Und Häuser werden angezündet! Und wenn man erst mal an die Mieten denkt. Und die Rente! Statt Querrippe kauft sie jetzt schon Schwarten für die Gemüsesuppe. Schmeckt ja auch, aber das Wahre ist das nicht. »Wenn ich jünger wär ...« Frau K. greift wieder zum Messer. – Ja? Was wäre dann? Dazu will Frau K. nichts sagen. »Nachher schreim Sie das alles wieder auf, und denn komm die womöglich und holn mich ab. Neeneenee. — Is ja auch alles verwanzt«, setzt sie dunkel hinzu. »Ich bleib zu Haus mit Trixi, was, Trixi? Ich bin 'n treuen Staatsbürger und mach alle vier Jahre 'n Kreuz, aber di-ah-gonahl, wenn Sie wissen, was ich mein. *Das* könn Sie ruhig aufschreim, aber das annere, das denken Sie sich ma selber aus. Wofür sind Sie denn 'n Dichter.«

Nicht schön

Als ich bei Frau K. klingele und die Tür sich öffnet, bin ich erst mal wie vor den Kopf geschlagen. Ein mir unbekanntes tropfnasiges uraltes Wesen, aber ganz offensichtlich männlichen Geschlechts, steht mir Aug in Auge gegenüber ... aber da erscheint schon Frau K. hinter ihm. »Frau K.«, flüstere ich heiser, »ist das wahr, was ich da sehe?« »Ja, das is wahr. Eddie, du gehst sofort aufen Sofa zurück. Und mach den Bademantel zu!« Eddie schlurft ins Wohnzimmer, während ich, immer noch schwach in den Knien, Frau K. in die Küche folge. »Das is mein Schwager, nich was Sie vielleicht denken«, sagt sie, während sie in der Küchenschublade nach dem Lottoschein kramt, den ich mit wegbringen sollte, »Irmi is inn Krankenhaus. Die wußte nich, wohin mit dem. Der kann ja noch nichma Kaffeekochen. Aber trinken kann er. Trixi kann ihn auch nich ab, was, Trixi?« Trixi hört nicht zu, weil sie gerade vor ihrem Napf sitzt und mit entsetzlichen Geräuschen Hühnermägen in sich hineinschlürft. Gedankenvoll hält Frau K. einen Moment in ihrer Suche inne, den Blick auf das Gekröse gerichtet: »Ja, wissen Sie ... Eddie ... so sind die Mannsleute nun ma ... wenn da ganix mehr an is – ein Auge is raus, und hörn tut er so und so nix –, denn mein' die aber immer noch, dassie die Familienjuweln herzeigen müssen. Schön is das nich.«

Konfirmation

Frau K.s Enkelin Ywonne ist konfirmiert worden, und Tochter Gerda hat nun alle Damen der Nachbarschaft zur Nachfeier eingeladen. Trixi ist auch mit von der Partie und plaziert sich vor die Heizung. »Tu dich ja benehm', sonst ...«, droht Frau K. und sinkt ächzend auf das Sofa. Trixi läßt ein Schlappohr über ihr rechtes Auge hängen und versucht einigermaßen halbherzig und auch ohne nennenswertes Ergebnis, den treuen Hundeblick hinzukriegen. Die Hauptattraktion ist aber erst mal Frau Petersen, der sie *alles rausgenommen* haben. Das muß natürlich millimetergenau erzählt werden. Die Schwarzwälder schmeckt trotzdem. Die Damen warten mit ähnlichen Erfahrungen auf (»... sacht der Doktor, so schlimm wie bei mir hat er das überhaupt noch nich gesehn ...«). Selbst ich fühle mich animiert, die Geschichte von Tante Hilde zum besten zu geben, der sie ja auch alles ... und wie ich als Kind das wörtlich genommen hatte und unter den Kaffeetisch kroch, um beobachten zu können, wie das, was sie oben reintat – und das war nicht wenig –, unten gleich wieder rausfallen würde ... Nachdem die Gynäkologie abgehakt ist, wendet sich das Gespräch naturwüchsig einem verwandten Gebiet zu – den Männerkrankheiten. Inzwischen ist das fesselnde Thema *Impotenz* nämlich über die schicken Zeitschriften hinaus auch von der Regenbogenpresse aufgegriffen worden. Allerdings erübrigt sich in unserer Runde eine tiefergehende Diskussion über das Woher und Wohin, weil Frau K. die Sache zu schnell auf den Punkt bringt: »Das is doch alles nix Neues – in den Moment, wo du dir selbs'n Kleid kaufen kannst, da könn' die nich mehr.« Und fügt nach einer kleinen versonnenen Pause hinzu: »... das gibt ja Schlimmeres ...«

Eine Nacht mit Fanny M.

Das geht so: Um 23 Uhr geht Frau M. ins Bett, nachdem sie das Fernsehprogramm nicht gekuckt hat. Sie vergißt, das Telefon leise zu stellen. Frau M. macht es sich gemütlich und greift zu einem philosophischen Werk. Aus dem Treppenhaus ertönt ein Ächzen. Der Bademeister kommt vom Bademeistertreff. Er hat es mit dem Herzen. Frau M. überschlägt das Vorwort und beginnt mit dem ersten Kapitel. Quietschklirr, quietsch-klirr. Slatka trägt ihr Fahrrad in den zweiten Stock, um es dort anzuketten. Sie hat Spätschicht bei Palmolive gehabt. Das Fahrrad fällt einmal hin. Frau M. liest: »In der Ruhe liegt die Kraft.« Nun läßt Frau K. Trixi noch einmal zum Urinieren in den Garten. Trixi bellt das Universum an. Frau M. schließt das Fenster. Frau M. fehlt die rechte Konzentration. Sie tauscht den Philosophen gegen Agatha Christie ein. Schon auf Seite 2 findet die bildschöne Lady Attenborough die Leiche des Butlers im Jagdzimmer. An der Haustür findet Dieter, der Videofreak, das

Schlüsselloch nicht. Jetzt hat er es doch gefunden. Bampbampbamp kommt er die Treppe hoch. Schepper! Jetzt sind die Kassetten runtergefallen. Dieter war beim Videotreff. Gleich ist er bei der zweiten Stufe von oben angekommen, die einen Tick kürzer ist als die anderen. Kawumm. Jetzt ist er auf die Fresse geflogen. Dieter hat es mit der Leber. Frau M. hat es mehr mit den Ohren. Sie wirft einen Blick in die Ohropax-Dose. Es sind noch vier Stück da. Sie beschließt, noch etwas zu warten. Der Punker-Bunker hat heute noch nichts von sich hören lassen. Inzwischen ist ein gutaussehender Major auf Attenborough-Castle eingetroffen. Unklar ist, ob es sich um den verschollenen Erben oder um einen Verbrecher handelt, der schon einmal in der Maske eines Pferdeknechts ... Das Telefon läutet. Frau M. lauscht einige Zeit. »Nein«, sagt sie dann höflich, »ich habe meine Strapse gerade nicht an, und ficken tun Sie sich am besten selber. Mein Vorschlag: ins Knie.« Jetzt wird es langsam Zeit für den Beruhigungstee. Frau M. erhebt sich und setzt das Wasser auf. In der Küche eine Etage höher wirft Jens der Wirtschaftsprüfer (»Ich bin noch immer ein Single«, zwinker-zwinker) seine Waschmaschine an. Bei Frau M. läutet das Telefon. Sie weiß schon, wer anruft: Renate von unten. »Nein, das bin nicht ich, das ist der über mir.« Das Wasser kocht, das Telefon läutet jetzt oben. Frau M. geht mit einer Tasse Kräutertee ins Bett. Agatha Christie ist jetzt doch zu schwierig. Frau M. greift zur Hamburger Morgenpost. Ihr Horoskop empfiehlt, gutnachbarschaftliche Beziehungen zu pflegen und sich durch Kleinigkeiten nicht irritieren zu lassen. Die Punks stellen jetzt ihre Anlagen auf die Fensterbänke. Pink

Floyd. Das geht ja noch. Im Hamburg-Teil vermeldet die Morgenpost, daß das Leben im Schanzenviertel bunt und abwechslungsreich ist. Frau M. schreibt auf einen Zettel »Isomatte ins Büro mitnehmen« und macht das Licht aus.

Sommer in der Stadt

Eigentlich hatte ich es für eine gute Idee gehalten, den Sommer in Hamburg zu verbringen, wenn die anderen Idioten alle unterwegs sind. Fakt ist aber, daß die, die jetzt von Rechts wegen in Bangkok Kinder schänden und in Südfrankreich Waldbrände legen sollten, zu Hause geblieben sind. Und Parties veranstalten. Jeden Abend. Bei mir nebenan, unten im Garten. Ich weiß überhaupt nicht, was die zu feiern haben. Ich jedenfalls erinnere mich an keinen Zeitpunkt meines Lebens, an dem ich Anlaß gehabt hätte, mich drei Tage hintereinander zu amüsieren. Drei Monate Sack und Asche, das schon eher. Allmählich finde ich zu meinem Gott zurück, man muß ja irgendwann mal schlafen. »Herr, laß es regnen«, heißt die Devise. Das nützt natürlich nichts. Aber was sonst? Die Bullen rufen? Das würde meiner Weltanschauung diametral entgegenstehen (Pullezei, Nackedei, auf der Straße liegt ein Ei). Außerdem war man ja auch mal jung. Allerdings nicht so jung, um achtmal hintereinander »Sei nicht traurig, Susann, es fängt alles erst an« zu grölen. Frau K. schläft jetzt auch schon nach vorne raus, obwohl da zwischen zwei und vier Uhr morgens die Punks ihre 25 Köter spazieren führen und gerne mal so aus Bock einen einzigen Knochen in die Mitte schmeißen. Frau K. hat mir heute morgen einen Prospekt von *Rainbow Tours* vor die Tür gelegt. 10 Tage heiße Beach Parties auf Korsika. Mit Ulf und Roland, bis der Arzt kommt. Inklusive Flirt-Kurs. Da bleibe ich doch besser zu Hause und warte, bis der Briefträger kommt. Dieser Meinung ist dann auch Frau K. »Sie sind ja jetzt langsam in dem Alter«, sagt sie.

Immer wir

Frau K. steht im Garten und beäugt den großen Farn. Der Farn sieht schlecht aus. Um diese Zeit dürfte er noch nicht so braun und bröselig sein. Jetzt kommt Anneliese Köster aus ihrem Garten rübergetappt. Von meinem Balkon aus bemerke ich das, aber Frau K. nicht, denn sie ist gerade in einen gegen Unbekannt gerichteten Monolog verwickelt: »Das kommt alles vonner Umwelt!« höre ich sie sagen. Frau K. kuckt regelmäßig Fernsehen. »Das kommt alles von Hermann Kuhlmann«, sagt Anneliese zu Frau K.s Rücken. Anneliese kuckt regelmäßig aus dem Fenster. Frau K. zuckt zusammen: »Gott, Anneliese, was hast du mich verjagt!«

»Der miegt da jeden Abend gegen, wenn er vonner Spätschicht kommt«, sagt Anneliese und kommt in Fahrt, »ich seh das genau, ich mein, so genau kuck ich da natürlich nich hin, wer will dem sein Piedel schon genau sehen, aber hörn tu ich das immer. Daß die bei Beiersdorf keine

Klos haben, glaub ich auch nich, und daß der das nich bis zu Hause schafft – vielleicht hat der ja Prostata wie Attila (Frau K.s vorvoriger Hund), der hat ja auch überall ... die sind sich überhaupt ähnlich ... Männer und Hunde!« sagt sie, und ihre Stimme bekommt etwas Feierliches, denn sie ist nun bei ihrem Thema angelangt. »Männer und Hunde! Also das ist ... die sollte man ... das is ja krankhaft ... und denken sich bei nix was bei ... und wir!« setzt sie zum Schlußakkord an. »Wir! Wir müssen hinterher alles saubermachen!« Da kann man nur zustimmen, auch wenn die Überleitung logisch nicht ganz einwandfrei ist. Und der Farn paßt da irgendwie auch nicht rein. Aber wo die Maus keinen Faden von abbeißt: Wer muß hinterher immer alles saubermachen, meine Damen?

Wir. Wir. Wir.

Einkaufen

In der Mittagspause hetze ich zu Frau Tietz, vormals Elfriede Mayer, in die Susannenstraße. Zwar ist es da teurer als in der *PRO*, aber nirgendwo anders in der Gegend gibt es lose Milch und Sauerkraut vom Faß. Der Tresen ist schon von einem Kunden besetzt. Klein, dürr, kurz vor der Rente und mit einer Visage, von der man sich sofort abwenden muß, um keine Krise zu kriegen. Mit einem Satz, es handelt sich um Hermann Kuhlmann. Zum Glück erblicke ich eine vertraute Gestalt – Frau K. –, die mangels anderer Sitzgelegenheiten auf dem niedrigen Rand der offenen Kühltruhe thront, zu ihren Füßen Trixi. Ich lasse mich neben Frau K. nieder, und gemeinsam verfolgen wir den eher einseitigen Flirt, den Kuhlmann mit Frau Tietz veranstaltet. Was sich darin ausdrückt, daß er an jeden Satz »Frau Tietz« ranhängt. »Ein Achtel Leberwurst, Frau Tietz, und drei Scheiben Edamer, Frau Tietz, aber machen Sie den roten Rand ab, Frau Tietz.« Wir sitzen und warten, bis es

Frau K. zuviel wird. »Mach hin, Hermann, wir wollen heute noch ins Kino.« Kuhlmann zeigt sich dieser feinen Ironie nicht zugänglich, aber Trixi, aus Frau K.s Tonfall Morgenluft für Feindseligkeiten ihrerseits witternd, schleppt sich zu ihm rüber und beginnt, schlapp an seinem Hosenbein zu kauen. Ein halbherziges »Bakalut, hierher!« von Frau K. läßt sie wieder zurückkehren. Wir warten. »Und zwei Würstchen, Frau Tietz.« Frau Tietz hält ein Paar Wiener hoch: »Sehn die nich gut aus?« Kuhlmann holt tief Luft, wirft sich in die Brust und wendet sich nun auch uns beiden zu: »Sieht gut aus, sieht gut aus«, lärmt er los, »was nützt mir 'ne schöne Frau, wenn sie im Haushalt nix kann ...« Obwohl seine Assoziationskette nicht astrein ist, sind wir uns darüber im klaren, daß jetzt eine längere Probe Kuhlmannscher Philosophie ansteht und daß dies um jeden Preis verhindert werden muß. Frau Tietz, ganz Geschäftsfrau, macht sich im Hintergrund zu schaffen. Ich werfe ihm meinen Spezialblick zu, der, den eine Flasche DDT einer Kakerlake zuwerfen würde. Das bringt aber nichts, weil ihn seine Mutter wahrscheinlich schon gleich nach der Entbindung so angekuckt hat. Frau K. ergreift die Initiative. Sie wuchtet sich hoch. »Mit die Kerle«, sagt sie drohend, »mit die Kerle is das genau annersrum. Taugen tun sie alle nix, aber denn solln die wenichstens nach was aussehn. Und jetzt sind wir dran, Hermann!«

Überall ist Hafenstraße

Auf unserem Platz ist Flohmarkt. Eines der größeren gesellschaftlichen Ereignisse, seitdem der öffentliche Sperrmüll abgeschafft worden ist. Frau K. und Trixi sitzen hinter dem Stand von Tochter Gerda und Enkelin Ywonne, die Kaffee und Butterkuchen verkaufen. Nachdem ich mir durch einen Rundgang einen allgemeinen Überblick verschafft habe, geselle ich mich zu ihnen. Trixi kaut lustlos auf einem Stück Kuchen und sieht meinen Knöchel als eine willkommene Abwechslung an. Ich rücke auf die andere Bankseite. Jetzt kommt Anneliese Köster aus ihrer Haustür, und schon geht es los. Sie zeigt auf den Stand nebenan, wo Pizza, Stadtteilzeitungen und Poster der Hafenstraße mit den bunten Häusern drauf angeboten werden. »Daß die sich nich schäm, wie die Häuser aussehen...« Frau K. weist auf unser Haus, das gegenüber liegt: »Und – findest du das besser?« Der Putz ist abgeblättert, die Haustür ist umrahmt von Graffiti: *USA raus aus der Welt* und *Sandra ist eine St.Pauli-Nute*. Anneliese geht nicht darauf ein, sie ist heute irgendwie giftig. »Un überhaupt, da wohn ja Terroristn, und Gruppensex machn die un ...« »Und Heiratsschwindel?« wirft Frau K. ein. Das hätte sie nicht sagen sollen. Anneliese kommt immer *in Brass*, wenn sie an die Geschichte erinnert wird. »Mein Sparbuch hatter aber nich gekricht!« sagt sie wütend. »Weil sie den vorher verhaftet ham«, stichelt Frau K. weiter. »Und verheiratet sind die sowieso nich, das wolln die ja ganich ...«, kommt Anneliese auf die Hafenstraße zurück. »Mamma war auch noch nie verheiratet«, mischt sich Ywonne ein. Gerda grinst, Frau K. macht ein tolerantes Gesicht. Anneliese ist noch nicht zu Ende: »Un denn brechen die ein un klaun un...« »Und wofür sitzt Kalle?« fragt Ywonne. Kalle ist Annelieses Neffe. »Da war der duhn!«

»Also, wenn ich ma einbrechn geh, denn bin ich auch vorher duhn, das gibt Prozente bein Gericht«, sagt Frau K., »aber nich so duhn, daß ich bei meine eigene Tante einbrechen tu.« Anneliese verschlägt es für einen Moment die Sprache. Ywonne hakt ein: »Un ich, ich hab...« »Du bis jetz still!« sagt Frau K. scharf. Das möchte sie wohl doch nicht, daß alle erfahren, wie Ywonne bei Budnikowsky ausgelöst werden mußte, weil sie Präservative geklaut hat. Ich glaube nicht, daß sie die mit ihren 15 Jahren schon braucht, aber man weiß ja nie.

Nestlé

Frau K., die ja noch mit Ausdrücken wie *prima* für erfreuliche und *Ach du liebe Güte* für weniger erfreuliche Begebenheiten aufgewachsen ist, hat durch die vielfältigen Kontakte mit den jungen Leuten im Hause einiges von der heutigen Sprachkultur aufgeschnappt.

Als neulich mein Gasboiler im Bad mal wieder den Dienst aufsagte, rief sie die verantwortliche Firma an – das gehört zu ihren Aufgaben als *Concierge* –, und ich händigte ihr meinen Wohnungsschlüssel aus, weil ich ins Büro mußte. Wieder zurück, stellte ich fest, daß a) der Boiler immer noch nicht funktionierte und b) der Teppichboden im Flur und das Badezimmer mit fettigen Rußflocken nur so übersät waren.

Ich runter zu Frau K.

In meiner Gegenwart rief sie bei der Firma an, machte einen neuen Termin aus und beendete das Gespräch mit den Worten: »…und passen Sie ma auf, daß die Auslechware nich wieder so schweinigelich aussieht, sonst flippt Frau Müller aus!«

Kurze Zeit später wurde auf der Stresemannstraße ein kleines Mädchen überfahren. Die Nachbarschaft strömte zusammen und besetzte die Straße. Ich klingelte bei Frau K. Aber sie war bereits ausgehfertig angezogen, und ich mußte ihr nur noch helfen, Trixi in den fahrbaren Einkaufsbeutel zu verfrachten, was diese mit rasendem Gebell quittierte. (Mit der Ausrede, noch mal zu *müssen*, wusch ich mir hinterher rasch die Hände.) Auf der *Strese* angekommen, stellte ich den mitgebrachten Klappstuhl für Frau K. neben ihrer Kusine Emmi und Frau Petersen vom Fischladen auf, mit denen sie offensichtlich schon verabredet gewesen war. Ich blickte mich um.

Alles wie gehabt.

Die Männer stehen in der Mitte und erörtern die wichtigen Fragen. Leider meist per Megaphon. Die Frauen sitzen auf Kissen und Decken am Rande und haben die weniger wichtigen Dinge organisiert, wie beispielsweise Kaffee mitzubringen und den anfangs ziellos herumtobenden Nachwuchs mit Rollschuhen, Skateboards, Malkreide, Bällen, Comics, Eis und Keksen zu versorgen. Frau K. stupst mich mit dem Stock an: »Kucken Sie doch ma, was die Kerle da zu dröhn' ham.« Eben will ich in den Pulk der Männer eintreten, als ein mit Jeans und schmuddeligem T-Shirt bekleideter Endzwanziger, hager und mit glühendem Blick, Typ *Missionar*, mich ins Visier nimmt und anklagend auf die Flasche Mineralwasser weist, die ich in der Hand halte: »Wissen Sie eigentlich, daß diese Flasche zum Nestlé-Konzern gehört?« Ein Kreis beginnt sich um uns zu bilden. Ich sehe an mir runter. Ach so. Ich habe noch den schwarzen Rock an und das graue Jackett mit Brosche am Revers. Er hält mich für eine Mutti aus dem Volk, die der Aufklärung bedarf. Meinetwegen. Ich werde es zunächst mit der höflichen Nummer versuchen: »Und weißt *du* was? Morgen kauf ich mir 'ne andere Flasche, und dann kommt der nächste Blödmann und erzählt mir, daß die von Dow Chemical ist. Verpiß dich!« Aufheulen seinerseits. »Du mordest kleine Kinder in der Dritten Welt«, kreischt er, »du tötest kleine Babys, es ist dir ganz egal, daß...« Nun reicht es aber! Da kann ein Typ noch so matt in der Birne sein, noch so besoffen oder auf Droge – mit Sicherheit sucht er sich die Person aus, die ihm am wenigsten gefährlich werden kann. Da hat er sich aber geschnitten! Ich packe das *corpus delicti* fest am Hals, erhebe den Arm und teile ihm mit, daß, wenn er nicht sofort seine Fresse hält, er dieselbige poliert bekäme. Ihm quellen schier die Augen aus dem Kopfe, aber ehe er sich mit ebenfalls erhobener Faust auf mich stürzen kann, erscheint über meiner Schulter ein Krückstock, bohrt sich in seine Hühnerbrust, und weithin ertönt die Stimme von Frau K.: »Hau ab, du Wichser!«

Phallus

Frau K. hat mich gebeten, sie zu Anneliese Köster zu begleiten. Anneliese ist Vertrauensfrau vom Otto-Versand »und hat zwei Pakete für mich zu liegen«.

Wir werden schon mit Kaffee und Kömbuddel erwartet, aber beide nehmen wir nur eine Tasse Kaffee an. Anneliese stellt die Flasche weg. Irgendwie kommt das Gespräch auf die Ausländerfrage. Daß wir »nichts gegen Ausländer« haben, muß zum Glück nicht erwähnt werden, denn natürlich haben wir alle was gegen Aram, der immer die Punks anmacht, daß sie mal arbeiten gehen sollen. Bei Anneliese bin ich mir da allerdings nicht so sicher. Frau K. rollt jetzt die ganze Sache historisch auf: »Früher«, sagt Frau K., »da wars du ja schon Ausländer, wenn du bloß aus Quickborn wars. Die warn aber auch irgendwie komisch … nehm wir nur ma Dora (ihre Schwägerin) – die hat immer Streifen auf ihren Regenschirm gemalt, das gab da ja noch keine bunten, und wie das denn regnete, denn is die ganze Farbe auf ihrn Übergangsmantel…« »Und Lenchen

Dallmann«, trumpft Anneliese Köster auf, die allerdings nicht so ganz *pottnüchtern* ist, wie sie gerade vorher behauptet hat, »Lenchen Dallmann hat ja immer ihrn Mann verdroschen!« Wir können nicht so richtig folgen, denn weder Lenchen noch ihr Mann Klaus-Dieter, der zur See fährt und übrigens auch so aussieht, wie er heißt, sind aus Quickborn, geschweige denn *richtige* Ausländer. »Der hat ausn Ausland immer son unanständigen Kram mitgebracht. Fallobs. Da hat sie ihn denn mit gehaun.« »An-ne-lie-se«, sagt Frau K. langsam und deutlich, »mit Fallobs kannstu kein haun. Das kannstu schmeißen. Das machen die immer auf Präsidenten un Kanzler un so was. Aber nich zu Hause. Da schmeißtu mit Por-ze-lahn.« »Ich wer euch ma was sagn«, sagt Anneliese aufgebracht, »Dietsche hat mir ein davon gegehm, un den zeichich euch jetz...« Sie greift nach hinten unter die Anrichte. Der Stuhl fängt bedrohlich an zu kippeln, aber Anneliese fängt sich im letzten Moment. Mit puterrotem Kopf hält sie uns einen aus dunkelbraunem Holz geschnitzten Gegenstand entgegen. Ich hatte es mir schon fast gedacht. Daß Lenchen ihren Mann aber nun wegen so was verprügelt haben soll, scheint mir eher eine Schutzbehauptung zu sein – wenn man mal an die Zoten denkt, die sie selbst oft schon am frühen Morgen zum besten gibt und bei denen sogar ich erröte, obwohl ich schon häufig in einer Kantine ausgeholfen habe.

Aus dem Berufsleben

Frau K.s Enkelin ist mit der Schule fertig, und nun geht es um die Berufsfindung. Ich sitze von meinem Tagewerk völlig erschöpft mit Frau K. und Ywonne, dem Gegenstand der Sorge, auf dem Spielplatz. Gleichzeitig halte ich ein Auge auf meinen zweijährigen Neffen, den ich in Pension habe. Er hockt im Sandkasten und backt Kuchen.

Anneliese Köster ist eben dazugekommen und läßt sich auf die Bank fallen. Sie hat eine Thermosflasche Kaffee mitgebracht. »Was willst du denn arbeiten?« fragt sie Ywonne. Ywonne gibt wahrheitsgemäß an, daß sie gar nicht arbeiten will, sie will bloß Geld verdienen. Eine Idee, mit der auch ich seit einigen Jahren sympathisiere. Ich frage mich nur, warum dieser Gedanke noch nicht bis zu den Gewerkschaften durchgedrungen ist. Die hatten doch immerhin über hundert Jahre Zeit, um draufzukommen.

»Ohne Arbeit gibt das kein Geld«, sagt Anneliese und schenkt den Kaffee aus. Der riecht irgendwie komisch. Ich wette, sie hat ihn wieder mit einem *Schuß* versetzt. »Das is ja nich wahr«, schaltet sich Frau K. ein. »In Blankenese sitzt 'n Haufen Arbeitslose in Villas rum.« »Denn ham die das geerbt«, sagt Anneliese, »von ihrn Vater oder Großvater und die ham gearbeitet ...« »Das denks du!« sagt Frau K. und stellt im folgenden die europäische Geschichte ein wenig verkürzt dar: »Das warn alles Raubritter und Seeräuber und so was, das is doch alles geklaut.« »Bei so altes Geld is das egal«, widerspricht Anneliese, »kuck allein ma die Sparkassenräuber, die wolln auch immer gebrauchte Scheine!« Wir sind für einen Moment einigermaßen sprachlos. »Anneliese«, sagt Frau K. schließlich, »das is nich logisch.« »Logisch is das logisch, das steht doch immer inner Zeitung!« Oha. »Anneliese«, fährt Frau K. fort, »was hast du inn Kaffee getan? Nich, daß wir jetz auch gleich anfangen mit son Tühnkram.« Annelieses Erwiderung kriege ich nicht mit, denn jetzt fängt mein Neffe an zu brüllen. Er hat versucht, seine Sandkuchen aufzufressen. Ich flöße ihm Mineralwasser ein und setze ihn zu uns auf die Bank. Anneliese beugt sich zu ihm hinunter. »Na, mein Schieter, was willst du denn ma wern, wenn du groß bist?« »Tante«, sagt er hilfesuchend und krabbelt auf meine Knie. »Das is kein Beruf«, dröhnt Anneliese, die unter Garantie schon zu Hause den Kaffee probiert hat. Außerdem hat sie unrecht. Wenn ich mir die letzten beiden Tage mit meinem Neffen vor Augen führe, dann bin ich ganz sicher, daß Tante doch ein Beruf ist. Ein schlechtbezahlter, um nicht zu sagen, ein überhaupt nicht bezahlter. Wo man dann hinterher noch angerufen wird, wo die rotblaue Mütze geblieben ist. Dabei hat der nie im Leben eine mitgehabt.

Arbeiten oder nicht arbeiten

Ein Großteil der Punks von nebenan hängt ja an der Nadel. Frau K. kommt da nicht mit. Sie selbst kuckt noch nicht mal hin, wenn ihr beim Arzt Blut abgenommen wird. Wenn die jungen Leute so herumtorkeln, mag sie auch nicht hinkucken. »Annererseits«, sagt sie, »wie Hermann Kuhlmann noch gesoffen hat, das sah auch nich schön aus. Der hat ja überall hingebrochen.« »Die solln ma arbeitn gehn«, sagt Anneliese Köster, die neben uns auf der Bank vor der Haustür sitzt. »Du bis wohl nich ganz richtig inn Kopf«, erwidert Frau K. »Wills du die vielleicht inn Büro neben dir sitzen ham? Du bis doch immer so eisch mit Riechen.« »Die könn sich ja waschen!« Ich weiß, daß Frau K. das auch findet, aber bei Anneliese juckt es sie immer: »Und die Haare schneidn und 'n Jiensanzug an und 'n Aktenkoffer oder was? Denn sehn die ja alle aus wie du!« sagt Frau K. »Oder wie ich«, setzt sie höflich hinzu. Daß alle wie geklont rumlaufen könnten, ist kein Argument für jemanden wie Anneliese, die toupierte

Haare und einen Trevira-Hosenanzug immer noch für das Nonplusultra an elegantem Outfit hält. Ywonne, Frau K.s Enkelin, kommt zu uns rübergelaufen. »Oma, hast du ma was Geld? Meine Strümpfe sind kaputt, ich muß mich doch vorstelln gehn.« Seufzend kramt Frau K. in ihrer Schürzentasche. »Daß du auch Strümpfe kaufst! Nich wieder bloß Süßkram!« »Ja, Oma.« Ywonne zieht ab und macht Platz für ein Rudel Punks mit Hunden oder ein Rudel Hunde mit Punks, das ist nicht so genau auszumachen. Anneliese will was sagen, aber bei dem Krach gibt sie wieder auf. Jetzt bleibt die Bande auch noch direkt vor uns stehen und hält mit Gebrüll eine Erziehungsstunde für die Köter ab. Worte sind nicht zu verstehen; das einzige, was deutlich herauszuhören ist, ist der Ton, der zu Hause geherrscht haben dürfte. Frau K. wird es zuviel. Zudem wird sie noch von einem der älteren Punks angehauen: »Hassu ma 'n paa Groschn über, Oma?« »Ich hab dir so und so oft von meine Rente erzählt«, schreit Frau K. aufgebracht, »wasch ma deine Ohrn...«, sie zuckt zusammen, als sie Annelieses Grinsen wahrnimmt, aber der Ärger ist doch stärker, »... und überhaupt, du kanns ja ma a...« Anneliese grinst, daß es nicht zum Aushalten ist. Im letzten Moment kratzt Frau K. die Kurve: »Du kanns ja ma A-anneliese fragn!«

Gewonnen!

Endlich daheim

Nach drei Monaten bin ich endlich wieder zu Hause. Hamburg grüßt mit Hochwasser fünf Meter über Normal und *überfrierender Nässe*. Frau K. und Trixi empfangen mich an der Haustür: »Sie sehn aber braun aus. Die Handwerker warn da.« Die Mitteilung, daß die Russen dagewesen wären, hätte mich noch vor zwanzig Jahren in einen ähnlichen Begeisterungstaumel versetzt. (Heute muß man ja mehr mit der *UNO* rechnen.) »Was ist es denn diesmal?« Das Klo. Renate unter mir soll ja knietief in der ... Ich werfe einen Blick ins Bad. Eine reife Leistung, selbst in einer Zeit des allgemeinen Sittenverfalls: Die Hälfte der Kacheln ist weggeschlagen und nicht ersetzt worden. Die Handtuchhalter sind abgebrochen. Der Duschvorhang besteht jetzt aus zwei Teilen, und die kleine Wanne, in der ich meine nasse Wäsche zu transportieren pflege, ist verschwunden. Die Kloschüssel ist innen irgendwie grau. Da haben sie die Reste vom Kleber reingeschüttet, die sich mit dem Porzellan aufs innigste vermählt haben. Frau K. hat es nämlich schon mit Scheuern versucht. »Ich hab denn gesacht, daß Sie bestimmt gleich mitten Rechtsanwalt ...« Da können die aber Gift drauf nehmen. »... und denn ham die gesacht, daß die morgen früh wiederkomm'...« Genial. Ich bin seit 36 Stunden auf den Beinen und hundemüde beziehungsweise habe einen *Jetlag*, wie meine im Lifestyle-Jargon besser bewanderten Freunde es ausdrücken würden. Und mitten in der Nacht kommen die Handwerker. Bringen ihr Radio mit, rauchen Zigaretten, telefonieren auf meine Kosten mit der Firma oder Amerika oder was weiß ich mit wem und versauen mir die Auslegware. »Sie könn' auch bei mir aufen Sofa...«, bietet Frau K. an. Nein danke, das Sofa ist Trixis Domäne, und selbst wenn sie in der Küche eingesperrt wird – ich bin noch zu kurz in Hamburg, als daß meine Geruchsnerven schon nicht mehr funktionierten. Um zwanzig Uhr liege ich im Bett, bin aber um zwei Uhr morgens wieder glockenwach. Ich sehe die angesammelten Zeitungen durch: »Ein Tampon kann nicht König werden.« Sind die denn alle verrückt geworden? – Es wird acht Uhr. Es wird neun Uhr. Es wird zehn Uhr. Kein Handwerker. Die Mafia hat heute offenbar die Zerschlagung anderer Wohnungen auf dem Zettel. Ich setze Kaffeewasser auf und greife zu den Gelben Seiten. Irgendwo in der Nähe gibt es doch dieses Last-minute-Reisebüro. Man muß ja nicht immerzu *allem* und *jedem* die Stirn bieten wollen.

Vergewaltigung

Ich stehe bei Frau K. in der Wohnstube und plätte ihr gutes Schwarzes, das sie zu Ilses Silberhochzeit anziehen will. Sie hat sich die Hand verstaucht, als sie Trixis Futternapf füllen wollte. Trixi in ihrer Freßgier hatte ihr den Stock weggeschlagen, und sie war hingefallen. »Verbrecher!« sagt Frau K. und fixiert aufgebracht ihre Wachhündin, die platt unter der Heizung liegt und woanders hinkuckt. Ich angel mir das Ärmelbrett, und Frau K. beobachtet mich, ob ich auch keine Falten in die Ärmel bügele. »Die ham ja gestern eine im Sterni-Park vergewaltigt«, eröffnet sie mir. Es klingelt. Anneliese Köster stürmt herein, um uns eben diese Nachricht zu überbringen. »Und wißt ihr, wer das war? Die Lütte, die früher bei *Tausend Töpfe* anner Kasse war! – Hassu ma 'n Schnaps?« »Na so was«, sagt Frau K., »und *wen* hat die vergewaltigt?« Anneliese hört gar nicht hin und holt die Flasche Cherry Brandy vom Vertiko runter. »Die hat aber auch immer Röcke an ... bis da.« Sie zeigt auf eine Stelle in Höhe ihres Bauchnabels. »Meine Tante«, sagt Frau K., »die ham sie auch ma vergewaltigt, da trug die aber Röcke mit 'ner Schleppe. Und 'n Korsett. Da kenn die nix.« Anneliese findet, daß man Männer nicht provozieren muß, und abends spazierengehen, das ist ja auch nicht nötig. Sie schenkt sich ein Glas Likör ein. Ich stelle das Ärmelbrett beiseite und gebe zu bedenken, daß manche Frauen Spätschicht haben. Anneliese bleibt hartnäckig. »Denn müssen die sich vernünftig anziehn!« Frau K. ist auch dieser Meinung: »Altes Zeuch, büschen schielen, humpeln is auch nich schlecht.« Sie kommt richtig in Fahrt. »Keine Haare waschen, Berchstiefel an, 'ne Eisenstange inner Hand. Und denn ganz gemütlich aufe Straße. Anneliese, du bis doch nich ganz dicht.«

Alles Karl

Vor der *PRO* an der Stresemannstraße. Frau K. unterhält sich mit einer Punkerin. Ich stelle meine Kiste mit Mineralwasser ab und geselle mich dazu. Man spricht so dies und das. Das Hundefutter ist auch teurer geworden. Und der Frühlingsquark. Hinter uns lümmelt sich ein schwer angesäuselter Punk auf der Kühlerhaube eines Schrottautos und brabbelt Unverständliches vor sich hin. Plötzlich richtet er sich auf und tippt Frau K. auf die Schulter: »Ey, wie schreibt man einklich *klah?*« »Meinst du *klar wie Kloßbrühe*?« »Joah.« Sie buchstabiert. »Scheiße!« schreit er auf, »Kalle! Die schwule Sau! Den mach ich fertich!« Er krempelt mühsam seinen linken Ärmel hoch. Quer über den ganzen Oberarm steht frisch tätowiert *alles karl*. Frau K. versucht ihn zu beruhigen: »Der is bloß Legastheniker.« »Waswaswas«, brüllt er wieder los, »die schwule Legasthenikersau, den mach ich fertich!« Er sackt wieder zurück. »Scheiße! Das geht ja nich. Der is ja gestern in 'n

Knast.« Er streichelt seinen Arm. »Arme schwule Legasthenikersau. Da machn se ihn fertich.«

Esoterik

Ich bin mit Frau K. auf dem Weg ins Krankenhaus, Anneliese Köster besuchen. Anneliese mußte sich an einer delikaten Stelle einen Furunkel entfernen lassen, und ich hoffe dringend, daß sie uns diese Stelle nicht zeigen wird. Leute, von denen man sonst im ganzen Leben noch nicht mal das Knie sieht, werden im Krankheitsfall ja häufig vulgär.

Als wir ankommen, ist das Zimmer schon überbesetzt. Frau Petersen füllt den einzigen Sessel aus, und Hermann Kuhlmann ißt die Pralinen auf, die er der Patientin mitgebracht hat. In seiner Gegenwart wird Anneliese sich wohl zusammenreißen, hoffentlich muß er zwischendurch nicht aufs Klo. Außerdem hat er ihr noch ein Heft mit Kreuzworträtseln besorgt, die er gerade selber löst. »Sacht ma 'n Schicksalsschlag mit sechs Buchstaben.« »Männer«, sagt Frau K. Frau Petersen macht ein Auge auf und schließt es wieder. Hermann bleibt ungerührt: »Die haben sieben.«

Das zweite Bett im Raum, eine Gallenblase, hat auch

Besuch. »Das is ihr Geschiedener«, flüstert Anneliese. Wahrscheinlich hört man sie noch im Schwesternzimmer drei Türen weiter. »Ers wollte der nich bezahln, aber denn hat sie ihn mitten Rechtsanwalt...« Frau K. gibt dem Gespräch eine Wendung in Richtung auf Annelieses Topfblumen, die sie betreut. Das wäre nicht nötig gewesen, denn die Bettnachbarin klärt ihren Geschiedenen gerade in ähnlicher Weise wie zuvor Anneliese über deren Angelegenheiten auf (»Denn ham die sich verlobt, und denn isser mit 'ner Schlampe wech«).

Hermann sitzt über dem Rätselheft. »Sacht ma 'n großen Staatsführer mit acht Buchstaben.« »Hermann!« sagt Frau K. Hermann kuckt geschmeichelt. »Das sind bloß sieben...« »Hermann!« Frau K.s Stimme wird lauter. »Hör jetz auf mitte Fragerei! Wir wolln uns unnerhalten.«

Die Gallenblase verschwindet mit ihrem Besuch auf den Flur, eine rauchen. »Die is irnkwie komisch«, sagt Anneliese mit ihrer natürlichen Stimme, die wahrscheinlich im ganzen Stadtteil zu hören ist. »Die glaubt an Seelenwanderung und so was ...« Hermann blickt skeptisch. »Du hast doch so und so keine Ahnung«, sagt Anneliese, »aber wenn das so was gibt, denn hast du bestimmt noch nich viele Leben als Mensch gehabt.« »Das is sein erstes«, läßt sich Frau Petersen vernehmen, die wir längst eingeschlafen glaubten, »wenn überhaupt!« Hermann läßt das Heft sinken. »Und? Was soll ich vorher gewesen sein?« »Das wer ich dir sagen, Hermann«, mischt Frau K. sich ein, »wenn ich dich ma genau ankucken tu, denn wars du 'n Kugelschreiber.«

Beerdigung

Frau Petersens Schwester Gertrud ist hochbetagt gestorben und kriegt jetzt ein schönes Begräbnis. Gespielt wird das *Largo* von Händel, und der Pfarrer ist einer von der Herz-Jesu-Fraktion, der alle zu Tränen rührt. Dabei fällt kaum auf, daß er Gertrud gar nicht gekannt hat und von trauernden Kindern und Kindeskindern redet. Gertrud war nämlich aus Prinzip ledig geblieben und hatte immer Wert darauf gelegt, als Fräulein Kleinschmidt angesprochen zu werden. Bevor der Sargdeckel geschlossen wird, dürfen wir alle noch mal reinkucken. Gertrud ist prima zurechtgemacht. »Die hat in ihrn ganzen Leben nich so gesund ausgesehn«, flüstert Frau K. mir zu. Herr Mahnke, der emeritierte Frisör des Viertels, ist auch gekommen. Jetzt hat sein Sohn den Laden und nennt sich Hairstylist, was Frau K. aber nicht daran hindert, ihn als den *jungen Putzbüdel* zu bezeichnen. Herr Mahnke wirft einen professionellen Blick auf die Dauerwelle der Leiche und findet, daß weniger hier mehr gewesen wäre. Aber schließlich muß die ja lange halten.

Hinterher sind wir bei Frau Petersen zum Kaffee eingeladen. Anneliese Köster, die jetzt zu uns stößt, hat aus Gründen, die man leicht riechen kann, einen Blackout und gratuliert herzlichst, statt zu kondolieren. Frau Petersen bleibt gelassen: »Anneliese, übernimm dich nich, dahinten is die Bar!«

Hermann Kuhlmann, der sich gerne als Pragmatiker bezeichnet, fragt zwischen zwei Tortenbissen nach dem Erbe. »Erbe?« sagt Frau Petersen. »Meinstu ihr *EMMA*-Abonnemang? Das kannstu gerne ham.« Hermann möchte nicht. Im Laufe des Nachmittags erfahren wir aber, daß die Verblichene doch eine testamentarische Verfügung getroffen hat: Ihre Untermieterin soll die Wohnung übernehmen. »Das nenn ich humanes Sterben!« sagt Frau K.

Frau Maibohm

Über Nacht hat es tüchtig geschneit, und Frau K. ist vorm Haus mit der Schneeschippe zugange. Trixi hockt nahe der Haustür und friert ganz offensichtlich, aber sie muß natürlich dabeisein, wenn was los ist. Eigentlich ist sie aus dem Alter raus, in dem man glaubt, daß das Leben nur da tobt, wo man gerade nicht ist. Ich nehme Frau K. die Schippe weg. Sie humpelt hin und her, um sich warm zu halten. Trixi bellt Frau Maibohm, die Briefträgerin, an. Nun, man kann von einem Hund nicht verlangen, daß er eine Briefträgerin auf einem Fahrrad unbehelligt läßt. Das wäre ja wider die Natur. Trixi wird von Frau K. handgreiflich beruhigt, danach beginnen die beiden Damen eine Unterhaltung. Das Wetter, der Hund, die Familie. Frau K. hält Frau Maibohm übrigens für eine ganz linke Socke, weil sie immer die Postkarten liest. »Woher soll die sonst wohl gewußt haben, daß Ilse zu Besuch kommt?« sagt Frau K., als die Briefträgerin im nächsten Haus verschwunden ist. Ilse ist die Nichte von Frau K. und schreibt Postkarten, weil ihr Telefon regelmäßig gesperrt ist, wenn sie mit ihren Hypothekenzinsen in Verzug sind. Ilse ist häufig mit ihrem Mann überquer und hatte sich schon letzte Woche für heute zum Kaffee eingeladen. Frau K. ist nicht begeistert. »Das is doch immer dasselbe, was die erzählt, trotzdem sie Mittlere Reife hat.« Ilses Ehemann Kurt gehört zu der Fraktion »Und wenn auch das Blut die Wände runtertropft, wir haben jedenfalls ein eigenes Haus«, während Ilse Anhängerin einer entgegengesetzten Ideologie ist: »Warum soll ich das Geschirr heute abwaschen, es ist morgen ja auch noch da.« Ein strenges Glück.

Ich schippe jetzt den Schnee auf einen Haufen. Frau K. geht immer noch auf und ab und ist am Überlegen, ob sie selbst einen Kuchen backen oder Yvonne zum Café Stenzel rüberschicken soll. Abwaschen müßte sie auch noch, denn Ilse muß nicht unbedingt in ihrer Anti-Hausfrauhaltung bestärkt werden. Frau Maibohm erscheint am Ende der Straße, heftig winkend und etwas Weißes schwenkend. Eine Postkarte. »Ilse kommt doch nicht. Der Kleine hat Mumps.« Sie hat die Karte gerade eben gefunden; sie war irgendwo dazwischengerutscht. Einerseits, findet Frau K., ist das ein Glück; sie hat heute nachmittag ihre Ruhe, andererseits müßte Frau Maibohm mal Bescheid kriegen. Nun ja, des Lebens ungemischte Freude ward keinem Irdischen zuteil, um es mit Schiller zu sagen. In diesem Fall stimmt das aber nicht, denn als Frau K. mir die Karte überreicht, weil sie ihre Brille nicht dabeihat, lese ich: »Liebe Frau Maibohm, sagen Sie bitte meiner Tante, daß ...«

Weihnachten

Frau K. hat Hermann Kuhlmann für den Heiligabend eingeladen, obwohl Gerda damit nicht einverstanden ist. Hermann hat Frau K. *für umsonst* den Tannenbaum besorgt, da er einen Arbeitskollegen hat, der einen Schwager hat, der in einer Baumschule in Pinneberg arbeitet. Da kann man schon mal was abzweigen. Gerda ist giftig. »Der hat da doch bloß auf spekuliert, der Weihnachsmann!«

Frau K. hatte vor Jahren schon versucht, ihre Tochter mit Hermann zusammenzubringen, obwohl er ja viel älter ist. Aber Hermann hat eine feste Arbeitsstelle, und mit Trinken hat er aufgehört. »Mit was annerm hat der bestimmt auch aufgehört«, behauptet Gerda. Das findet Frau K. nicht schlimm, im Gegenteil. Insgesamt muß ich aber Gerda recht geben. Innere Werte schön und gut, aber schließlich würde auch ich davor zurückschrecken, mein Schicksal an das eines Mannes zu binden, dessen Erscheinung den Eindruck erweckt, als wolle er jeden Moment die Gardinenstange hochsausen, um dann von oben mit Kokosnüssen zu schmeißen. Wenn sie sonst nichts vorzuweisen haben, dann sollten Männer zumindest dem Auge etwas bieten.

Spät am Heiligabend laufe ich runter, um »Frohes Fest« zu wünschen und eine Kleinigkeit für Frau K. abzuliefern. In der Wohnstube ist dicke Luft. Ywonne führt mich eilig in die Küche und schenkt mir ein Glas süßen Weißwein ein. »Mamma is stocksauer und Oma auch. Und breit sind die!« »Was war denn?« Sie setzt mich ins Bild. Hermann war mit einem Strauß Nelken plus Spargelkraut angekommen und hatte Gerda ein Buch geschenkt. Hermann ist im Buchklub. Anscheinend hatte er ihr das Geschenk mit ein wenig gönnerhafter Miene überreicht und dazu einen Vortrag gehalten, wie gut es einer Frau anstünde, auch mal ein Buch ..., und Gerda, die schon eine halbe Flasche von irgendwas Kräftigem vernichtet hatte, wurde fuchsteufelswild. Sie teilte ihm mit – wenn auch nicht exakt mit diesen Worten –, aktuelle Untersuchungen hätten gezeigt, daß heutzutage Frauen durchaus in der Lage seien, sich eigenständig Zugang zu Büchern zu verschaffen. Danach hatte sie ihm gesagt, was er mit dem Buch machen solle. »Das wollte er aber nich«, fügt Ywonne hinzu. Und? – Was war das für ein Buch? Tja, das wäre ja noch das Größte überhaupt, ein unanständiges Buch! Von Rosamunde Pilcher. Gerda hatte den Titel vorgelesen. *Die Muschisucher* oder so.

Fanny Müller
Mein Keks gehört mir
Band 13955

»Mit den Augen einer Frau« (so lautete der Titel ihrer *Titanic*-Kolumne) beschreibt Fanny Müller die Härten des Alltags. In 38 Geschichten behandelt sie Probleme direkt aus dem richtigen Leben, liefert Berichte aus der Nachbarschaft, Neues von nebenan. Da geht es um Erlebnisse beim Babysitten, wenn die Schwester zur Kur fährt und der Erzählerin, die nicht viel Erfahrung mit der jungen Generation hat, ihre lieben Kleinen überläßt – was zu Komplikationen führt. Oder es gibt Ärger mit den lieben Verwandten. Weitere Gegenstände ihrer gnadenlos satirischen Betrachtungen sind das traute Heim, die teure Heimat oder das menschliche, will sagen, das weibliche Miteinander. Die Glossen der Kultautorin Fanny Müller zu lesen – mit all ihrer Lakonie und ironischen Scharfzüngigkeit – bereitet größtes Vergnügen.

Fischer Taschenbuch Verlag

Ursula Maria Wartmann
Tante Lissi kann auch anders
Roman
Band 13679

Dickie Dickson ist einundvierzig und Redakteurin bei einer modernen Frauenzeitschrift. Mit ihrer Freundin und dem Mischlingshund Willi lebt sie auf St. Pauli, einen Steinwurf entfernt von der Reeperbahn. In den Hauseingängen liegen Junkies und betrunkene Herren, Touris pinkeln gegen die Straßenbäume, und in den Fenstern haben steinalte Omas die Busen auf geblümte Kissen gelegt und prosten mit ihrem Flachmann dem Briefträger zu. Mit einem Wort: Das Leben könnte so schön sein! Wenn da nicht dieser Job wäre: Siebzehn Übungen zur inneren Harmonie, zwölf Schritte zum Superorgasmus, Blitzkuren gegen Zellulitis, Brustkrebs und Ehekrisen. Und diese Chefredakteurin, die Dickie das Leben zur Hölle macht. Ihre Lebenskrisen bespricht sie mit *Tante Lissi*, die in Wanne-Eickel wohnt. *Tante Lissi* ist einundachtzig, raucht seit dem Krieg Filterlose und keiner macht ihr was vor. Eine Woche Mallorca mit *Tante Lissi*, ist das einzige, was Dickie noch aufrecht hält. Sie ahnt nicht, daß dieser Urlaub den Grundstein für ein Fiasko legt, das ihr Leben verändern wird.

Fischer Taschenbuch Verlag

Ulla Lessmann

Helenens gestörte Ruhe

Roman

Band 13529

Helene, klug, blond und elegant, hat sich ihr Leben prächtig eingerichtet: Nicht mehr ganz jung, aber attraktiv, verdient sie gut mit dem Schreiben von Pornos und genießt es, allein zu wohnen. Eigentlich will Helene vor allem ihre Ruhe. Hin und wieder fehlt freilich ein bißchen Spaß, und so beschließt sie, ein wenig in der Intimsphäre anderer Leute herumzuschnüffeln: als Privatdetektivin. Kein Problem für Helene, die der Meinung ist, alles unter Kontrolle zu haben – vor allem ihre Seelenruhe. Dies aber ändert sich radikal, als sie gleich beim ersten Auftrag auf eine andere kluge Blondine trifft. Schlagartig dreht sich alles nur noch um Blondinen: lebende und plötzlich verstorbene. Zu ihrer größten Beunruhigung muß die autarke Helene feststellen, daß es noch Menschen mit großen Gefühlen gibt. Und dies ausgerechnet im ihr so vertrauten Milieu der Bonner Journalisten- und Politszene. Helene läßt sich auf ein gefährliches Rollenspiel ein. Daß außer ihr auch andere ihre Spielzüge machen, merkt Helene erst, als es fast zu spät ist.

Fischer Taschenbuch Verlag

Weitere Titel von Fanny Müller:

Gebunden
168 Seiten
28.- DM

Erst durch den Blick von Fanny Müller, der »Kultautorin der deutschen Literaturszene«, kriegt der Alltag »plötzlich Witz und Glitzer«. *Elke Heidenreich*

»Mit liebevoller Aufmerksamkeit und boshafter Hingabe, mit Ironie und Selbstironie fängt Fanny Müller in ihren Feuilletons eine vertraute Welt ein.«

junge Welt

Grimmstr. 26 – 10967 Berlin